Este libro pertenece a:

_____

_____

Texto de Jillian Harker
Ilustraciones de Kristina Stephenson

Parragon Books Ltd
Queen Street House
4 Queen Street
Bath BA1 1HE, RU

Traducción del inglés: Mònica Artigas Romero
para Equipo de Edición S.L., Barcelona
Redacción y maquetación: Equipo de Edición S.L., Barcelona

ISBN 1-40546-235-3

Printed in China
Impreso en China

Te quiero, PAPI

—Has crecido mucho últimamente, Osito —dijo
Papá Oso—. Creo que ya es momento de que
empieces a trepar a los árboles como yo.
A Osito se le pusieron los ojos como platos.
—¿En serioooo?
Papá Oso asintió y lo llevó hacia un
árbol muy alto.

Osito intentó agarrarse
a la rama más baja.

¡Pero se cayó de espaldas!

Papá Oso
dio un
empujoncito
a su pequeño.

Y luego lo
cogió por
la patita.

—¡Venga, que tú puedes! —le animó.

Y, de pronto, Osito se dio cuenta
de que lo había conseguido.
—Te quiero, papi —pensó para sí.

—Te has vuelto muy valiente, Osito —dijo
Papá Oso—. Creo que ya es momento de
que vengas a buscar miel conmigo.
Osito se quedó atónito.
—¿De verdaaaad?
Papá Oso le guiñó el ojo.
Llevó a Osito hacia
otro árbol y le mostró un
gran agujero en el tronco.

Osito alargó la patita,
pero un fuerte zumbido lo ensordeció
y, asustado, la apartó en seguida.

¡Zzzz!

¡Zzzz!

¡Zzzz!

¡Zzzz!

—Hay que ser más rápido —le aconsejó Papá
Oso—. Tienes la piel muy gruesa y las
abejas no te harán daño.
¡Ánimo! —sonrió.

Y, de pronto, Osito se dio cuenta
de que lo había conseguido.

—Te quiero, papi —pensó para sí.

—Te has vuelto muy inteligente, Osito.
Creo que ya es momento de que busques
una buena guarida para el invierno.
Osito puso una sonrisa de oreja a oreja.
—¿Síííí?
—¡Pues claro! —contestó Papá Oso.

Osito emprendió la marcha.
—Busca un sitio cerca de donde haya
comida —dijo Papá Oso— para cuando
llegue la primavera.

—Busca un lugar elevado
—le aconsejó Papá Oso—
para que no haya humedad.
Osito subió con cuidado
por las rocas.

—Un sitio seguro y cálido
—dijo Papá Oso—, lejos de
cualquier peligro.

—¡Aquí! —gritó Osito metiéndose
en una profunda cueva.

Papá Oso lo siguió y echó un vistazo a su alrededor.

—¡Muy bien! —exclamó.

—Te quiero, papi —pensó Osito para sí.

—¿He trepado bien? —preguntó Osito de camino a casa.

—¡Ya lo creo! —contestó Papá Oso.

—¿He sido valiente? —interrogó Osito.

—¡Como el que más! —respondió Papá Oso.

—¿He encontrado una buena guarida? —preguntó.

—¡La mejor! —sonrió Papá Oso—. Estoy muy orgulloso de ti, pequeño.

Poco después llegaron a su hogar.
Osito estaba rendido, pero tenía que decirle
algo a su papá.

—Te quiero, pa... —empezó. El pobre Osito
no tuvo fuerzas para terminar la frase.

Papá Oso arrulló a Osito.

—Yo también te quiero —susurró.